무채색의 공간

장화순 시집

시음사
시사랑음악사랑

시인의 말

내가 감성이 풍부하고 어휘력이 좋아서 시를 쓰는 것은 아니다
이것은 아마도 나의 넋두리이고
알지 못하는 사랑에 대한 동경이고
가보지 못한 길을 가보고 싶은 소망일 것이다

한때는 더 살아갈 희망이 없다고
세상을 등지려 하기도 했었다
울퉁불퉁한 삶의 길에 수없이 쓰러지며 살았고
팍팍하고 답답한 마음 이야기할 곳이 없었다.
아니 하고 싶지 않았다
나를 아는 누군가에게는 더
그럴 때마다 써보던 낙서
그것이 오늘의 나를 있게 한 것은 아닌지
속으로 쌓이는 것을 넋두리하듯 써보는 것
그것은 나를 달래는 것이었다.
그렇게라도 속을 풀어내면
조금은 마음이 가벼워지는 느낌이 들었다
아마 앞으로도 그럴 것이다
여기 수록된 시가 다 그런 것은 아니지만
몇 편은 내 마음이 얹어졌다
한 치 앞의 삶도 볼 수 없는 것이 인생이라는 선인들의 말처럼

지금도 아스라이 안개 속 같은 내 삶과 마음을 여기에 담아
석양으로 접어든 나의 내일을 꿈꾸고
단아하게 늙어가는 나를 상상하며
화려하지 않은 내일의 사랑을 꿈꾼다.

추신: 나를 살게 해준 나의 소중한 보물
정신도 육체도 모두 건강하게 태어나 살아주고
나를 응원해주는 아들과 딸 삼 남매 고맙다. 그리고
조금 맘에 들지 않는다고 미움의 싹을 틔우지 않길 바란다.
한 번 틔운 미움의 싹은 쉽게 뿌리 뽑히지 않으니
서로를 존중하며 상대를 있는 그대로 봐줄 줄 아는
여유롭고 어울릴 줄 아는 궁극적으로는 한 곳을 바라보며 가는
화목한 웃음이 있는 가정이길 빌며 소망한다.
그것은 결국 자신을 위한 길이 될 것이기 때문에 ~~

시인 장화순

詩를 만나 사랑에 빠진 시인 장화순

시는 지성의 소산이 아니라 감성의 소산이다. 그러기에 시는
사람의 마음을 동화'同化'시키는 역할을 한다. 감성의 시가 지
성으로 바뀐다면 시가 아니라 철학적인 이야기로 읽고 나서 고
개를 갸웃거리게 될 것이다. 시를 노래하기 위해서 글을 쓰고
글을 쓰기 위해서 시를 노래한다는 시인 장화순 시인의 작품을
보면 엄마로 살다가 또는 여자로 살다가 어느 날 시를 만나서
사랑에 빠지고는 시어와 함께 행복하게 살고 있는 자신의 모습
을 잘 보여 주고 있다.

장화순 시인은 문학에 대한 열정으로 서정적인 풍경을 보여 주
는 시인이다. 한 편의 시가 많은 독자에게 감동을 줄 수 있는
것은 공감대 형성이다. 간접경험을 통해서 또는 내가 경험한
일을 문학적으로 표현하기에 독자는 그 작품을 보고 공감하는
것이다. 시인의 작품을 보면서 함께 공감해주는 독자가 있어
행복하다는 장화순 시인이다.

장화순 시인의 첫 시집 "무채색의 공간" 작품집을 보면서 참 많
은 생각을 하게 된다. 시인이 하고자 하는 화두는 독자에게 무
엇을 말하려 함일까 하는 궁금증과 의문, 질문 덩어리인 "무채
색의 공간"에서 독자들은 어떠한 답을 찾을 수 있을지 궁금하
다. 시인의 작품을 읽다 보면 아름다운 가을 하늘처럼 청명함
으로 다가온다. 밤이면 이슬을 머금고 낮에는 햇살에 제 몸을
태워 가며 우리들의 마음에 고향을 수놓은 들꽃처럼 하나에서
여럿이 모여 소박하면서도 화려하지 않은 그래서 더 아름답고
은은한 그리움으로 남는 들꽃 같은 詩 심을 본다. 장화순 시인
의 사고와 자아를 담고 있는 "무채색의 공간"을 기쁜 마음으로
추천한다.

(사)창작문학예술인협의회 이사장 김락호

본문
시낭송
감상하기

QR 코드 　스마트폰으로 QR 코드를 스캔하면
시낭송을 감상할 수 있습니다.

 제목 : 하얀 숲의 영혼
시낭송 : 장화순

 제목 : 당신만의 별이 되어
시낭송 : 김지원

 제목 : 백조의 날갯짓이
　　　　슬프던 날
시낭송 : 장화순

 제목 : 바람으로
시낭송 : 장화순

 제목 : 삼천포 그 여인
시낭송 : 장화순

 제목 : 내가 꽃잎이고 싶은 것은
시낭송 : 장화순

 제목 : 가슴에 피는 꽃
시낭송 : 최명자

 제목 : 비손 여인
시낭송 : 박영애

 제목 : 무채색의 공간
시낭송 : 김락호

 제목 : 흔들리는 자화상
시낭송 : 최명자

 제목 : 할미꽃별
시낭송 : 박영애

 제목 : 넋두리
시낭송 : 박영애

 제목 : 그리움도 행복이다
시낭송 : 최명자

시인은 자연을 이야기하고 시낭송가는 자연을 품었다.
글자는 날개를 달아 언어로 날고 소리는 자연에 눕는다.

♣ 목차

♣ 목차

♣ 목차

♣ 목차

하얀 숲의 영혼

그곳 골짝에는
하얀 눈 소복이 쌓여 있고
쌓인 눈 위로 높고 높게 솟아
해맑은 영혼으로 말갛게 미소 지으며
꼭 안아 달라고 하는 것 같아
포근히 안아 주었습니다

살갗에 스치는 바람결 느끼지 못하는데
자작나무 얇은 그 껍질 명주실처럼 살랑거려
그곳에서 명주 베틀에 앉아있는
한 여인을 보았습니다.

봄 햇살처럼 따뜻하고 온유했던
그 사람의 숨결
하얀 영혼 뒤에 숨어 나를 부르고
나는
어느새 그에게 다가가
그 품에 안겨 있었습니다.

설렘으로 뛰는 심장

살며시 그 숨결에 포개어 얹으니

얼음장 같던 마음 사르르 녹아 내리고

깊은 곳에서 뱉어지는 한마디

그리웠고 보고 싶었습니다.

제목 : 하얀 숲의 영혼
시낭송 : 장화순

스마트폰으로 QR 코드를 스캔하면
시낭송을 감상할 수 있습니다.

유월의 신랑 신부

짙은 초록 세상인 6월
마당을 가로 질은 빨랫줄
옥양목 하얀 꿈 옛일이 되었다.

한껏 치장한 신부의 수줍은 웃음
하얀 드레스 자락 들녘을 헤집고
눈꽃처럼 너울거리며 세상을 맴돈다.

초록 턱시도 멋지게 차려입은 유월의 신랑과
순백 드레스 눈부시게 빛나는 망 초대 신부
사랑으로 너울너울 여름을 불러온다.

망 초대 하얀 꽃잎에 노란 꽃술
달보드레한 네 순정을 살포시
내 가슴에 담아 간직한다.

3월의 희망

봄에서 가을까지 울어대다 떠난
새들의 빈 둥지 덩그러니 받치고 있는
앙상한 겨울 나뭇가지들
3월의 첫 햇살에 소망을 품는다.

겨우내 살아 있어도 죽은 듯
애처롭게 흔들리던 마른 가지 사이
3월의 바람이 불어 가지마다 촉촉이
잎눈 틔울 소망이 반짝이고 있다

잎새의 반짝임에 해님도 눈 찡그리던
지난여름 얼마나 행복했던가
앙상한 가지 통통하게 살찌우고 잎 피울 날 기다리는
겨울나무 위로 삼월의 바람이 분다.

사랑과 꿈 희망의 바람이

가을 잔상

탁 타다닥 타는 소리가 날 것처럼
붉게 가슴 태우는 단풍나무 위에
노랗게 허공을 물들이며
노란 가슴 태우는 은행나무 위에
겨울을 업고 오는 비가 내린다

너와 나도 그랬지
영혼까지 태울 것 같던 붉은 가슴
머물 수 없다, 영원으로 가자, 했던 심장
언제나 한곳을 바라보리라 생각하며
설레던 가슴도 한때는 있었지

북풍이 불어올 길목에서
빈 가지로 서 있는 꽁꽁 언 가슴에
기억은 가물가물 하고
그래서 그래도 기다리고 있다
그 가슴 사르르 녹아 내릴 그 날을

미술관

그 어느 신도 가늠할 수 없는
미술관이 펼쳐졌다
대한민국 산과 들 허공에
햇살이란 마술로 빚어낸
지붕 없는 미술관을 꾸며 놓았다

사람들도 형형색색 단풍으로 물들어
가을 단풍과 사람 구분할 수 없는
아름다운 초대형 미술관이 되어
대한민국은 지금 전시관이 되어있다

동전 한 푼 없이 와도
반가이 맞아주는 가을 미술관을
무료로 개방 전시 중이다

꽃 몸살의 봄

봄이 쏟아지는 거리
화려한 꽃잎 지는 몸살
목련 신부의 우아함에
하느작거리며 떨어지는 벚꽃의
들러리 꽃비

목련 신부의 가슴에
망울망울 맺히는 꽃의 눈물
우아한 걸음 맞는
벚꽃 잎 함성
하얀 점박이 길 위에
목련의 설은 눈물

나이테를 위한 사랑

아직은 삭풍 부는 겨울
바람에 몸을 맡기고 기다리면
표피의 갈라짐과 터지는 상처
기지개 켤 때마다
부스러지고 떨어져 가는
이 지독한 아픔 누구라서 알까
햇살 끌어당기며
봄 사랑 피어나기 기다리는 맘
또 하나 나이테를 위한
지독히도 아픈 사랑

낙화

길고도 긴 기다림 털옷도 소용없다
윙윙대던 바람 옷자락 부여잡고
여미고 또 여미며 기다린 내 삶에 겨울

솜털 옷 밀쳐내고 하얀 속살 내밀어
배시시 웃는 날 몇 날이나 되었다고
속살 헤집는 네 심술 기다린 시간 너무 가여워

눈물도 메마르고 낙화하는 내 모습
대지를 닮아 가고 당신 기다림이 있어
낙화를 서러워하지 않으려 달래 보는
비 오는 날의 수채화 같은 목련화여

너와

너를 맞아 드린다. 공손히
너와 함께 해야 할 일들 많아서

네가 어느 곳에서 왔는지 묻지 않을게
그냥 나와 손잡고 마음 따듯하게 있어 줘

나 아직 해야 할 일이 참 많거든
나 아직 하고 싶은 일이 너무 많아

행여 너를 밉다 해도 원망을 해도
그냥 바라보고 웃어만 줘도 고마워

정유년 너와 함께 할 수 있어서 고마워
우리 함께 열심히 뛰면 살아보자

우리 함께 보듬어 안고 뒹굴며 살아보자
마음 다하고 몸 받쳐서 살아보자 우리

다섯 살 손자와 함께

"할머니,
물은 물고기의 소파야,
물속에서 움직이지 않는 것은
물에 앉아있는 거야."

호기심 가득한 표정과
새벽이슬보다 더 빛나는 눈
사월의 하늘 아래서
태양보다 더 밝은 얼굴을
가진 아이가 웃고 있다

"할머니, 나는 키는 작지만
생각 주머니는 커" 하며
씩 웃고 돌아서 놀고 있는
다섯 살 손자

나를 깜짝 놀라게 하며
편견에서 벗어나게 하는
생각 주머니가 큰 다섯 살 손자와
함께 하는 나의 삶이
세상에서 가장 행복하다.

달콤한 여름

달콤했다
순간의 네 입술
가슴을 뛰게 하는
차가운 입맞춤

뜨거울 것 같은
붉은 가슴은
시원스런 옹달샘
초겨울 같고

가슴 풀어헤친
조각난 수박
순간의 달콤함에
여름 하늘이 높다

단비

이토록 단맛인 줄 몰랐습니다
엄동설한 긴긴날과 밤 봄이며 잊으리라
참고 견디며 지낸 날들
남풍 불어 봄이라고 좋아라. 꾸던 꿈

갈증에 목말라 마른기침 소리
아름다움 다 할 수 있을까
봉오리 맺으며 애태우던 마음

아 ~~
이제는 되었네요
소리 내지 않고 예쁘게 내리는 단비
옆자리 목련꽃도 명자꽃도 개나리도 벚꽃도
활짝 웃고 있어요

앵두꽃도 하얀 입술 파르르 떨며
맛있는 단비와
입맞춤하고 수줍은 웃음 짓네요

5월이며 세상을 빨갛게 물들이는
덩굴장미 살짝 내민 연둣빛 입술도
단비와 입 맞추며 나에게 윙크해요

아 ~~ 난
행복해요. 꽃이라서

당신만의 별이 되어

떡갈나무 잎에서 또르르 구르는 빗방울은
찰진 도토리 하나를 만들기 위한 별이 되고

뾰족한 솔잎에서 또르르 구르는 빗방울은
향기 좋은 송이버섯을 키워내기 위한 별이 되고

초록 단풍잎 끝에서 또르르 구르는 빗방울은
가을이라는 이름을 만들기 위한 별이 되고

떨어진 낙엽 위에 또르르 구르는 빗방울은
초겨울 서리꽃을 피워내기 위한 별이 되고

다 내어주고 난 마른 가지 위에서 구르는 빗방울은
봄날 초록 새싹을 틔우기 위한 별이 되고

나는 어느 별에서 꾸벅꾸벅 기다리고 있을
바보 같은 임을 위한 별이 되리라

제목 : 당신만의 별이 되어
시낭송 : 김지원

스마트폰으로 QR 코드를 스캔하면
시낭송을 감상할 수 있습니다.

당신이 희망

당신이 희망
안개 자욱한 새벽
보이는 건 당신뿐

가뭄 속 단비 같은
촉촉한 웃음
오늘의 행복 되고

소리 없는 미소
붉은 희망의 꿈
내일의 사랑

들숨과 날숨

코끝 간지럽게 들숨을 쉰다
솔숲 작은 오솔길 아늑함
온몸이 시원하도록 들숨을 쉰다.

가슴에서 느끼는 향긋함
상단 산성 솔 향을
폐부 깊숙이 구석구석 채운다.

허리 휘도록 지고 왔을 산성의
네모난 돌 하나하나에 숨어들었을
선조의 가쁜 숨결 더듬더듬 찾아본다.

날숨을 참는다. 떠나보내지 않으려고
상당산성 저 파란 하늘과 가을 냄새를
앙증맞은 산국화를 까마귀 여름 밤나무 붉은 열매를

명주 수건

타고 타서 하얗게 재만 남은

어머니 가슴팍 설움

살풀이 무녀의 손끝에서

혼. 불의 몸짓으로 떨고 있는

비단 명주 수건 한 서린 눈물

백조의 날갯짓이 슬프던 날

수줍은 새색시 면사포 쓰듯
노란 삼베 수의 머리끝에서 발끝까지 덮고
힘겨워 출렁이던 파도를 넘어
미지의 세계로 노를 저어가네

팔십오 년 살아오신 삶
무거운 짐 훌훌 벗어 마음이 가벼우신지
헐렁한 삼베옷 입고 무엇이 그리 좋으신가
환한 미소 띄우며 누워계신 어머니

내 자식 육 남매 입에 풀칠하기도
힘겨운 살림살이에 조카 둘까지
그 세월이 얼마나 버거웠을지
나는 가늠하기도 어렵다

이제 가슴 저미는 슬픔 뒤로하고
국화꽃 한 송이에 내 마음 담아 어머니
당신이 가시는 그 길이 봄꽃 피어나듯
화사한 꽃길이기를 바라옵니다

제목 : 백조의 날갯짓이 슬프던 날
시낭송 : 장화순

스마트폰으로 QR 코드를 스캔하면
시낭송을 감상할 수 있습니다.

어머니 어머니 어머니 ~~~

버스에서 본 풍경

휙휙 지나가는 산과 들
얽히고설킨 칡덩굴
만지고 싶어지는 억새꽃
산기슭에 자리한 마을
놀러 오라 손짓하는 듯

고추밭 고추잠자리 숨바꼭질하고
뒤로 달아나는 황금들
고개 숙인 벼 한 포기 나락 낟알
농부의 땀방울 수만큼 맺었을지
달리는 고속버스에서 보는 풍경은
마음을 따듯하게 감싸는 듯 한다.

불티의 꿈

타다. 타다 한낮 불티로
영혼을 날린다 해도 활활
타올라 하늘까지 솟아 날고 싶다
지지. 않는 불멸의 태양처럼

타오르는 내 불꽃 영혼의
황홀함에 취하는 너
한 순간 반짝이는 불티라지만
나는 네 영혼에 스민다.

사그라지는 작은 불씨는
빛이 되고 싶다
사랑하는 그대 가슴속
불꽃이 싶다.

사랑의 높이

아득해
눈어림도 어려워
발길 떼지 못하는
호수 안 버드나무
사랑 꿈 휘감고
물안개 흩뿌리는
산사의 풍경소리
아린 가슴 쓰러 안고
한 줌 사랑 햇빛 찾아
산자락 오르는 안개
그 사랑 아무리 높은들
안개를 안고 늙어버린
호수 가운데 떠 있는 버드나무
몸뚱이만 하랴

살아있기에

까치의 아침 인사 이른 잠 깨우고
라디오를 켜니 오래전 노래 들린다.
따끈한 차, 한 모금 머금고 눈 감으니
꿈결인 듯 아늑한 생각에 젖는다.

무지갯빛 사랑에 설렘도 있었지만
한 점 바람 뒤 숨은 풍전등화의 삶
독하게 아픈 기억들 지우고 싶은데
삶이 끝날 때까지 같이 하잖다

흑백필름에 담긴 기억의 여운 어느덧
짧아진 내생을 따듯하게 보듬어 안고
존재한다는 것에 감사함을 담아서
이제는 웃는다. 행복하게 웃는다.

석류

갈바람 스치면
자꾸만 붉어지는 내 얼굴
속은 알알이 더 빨갛게
가을 타는 것을
임은 아실는지

혹여 나를 바라봐 줄까
안아주지 않을까
기다리다 지쳐 속이 쫙 갈라져야
임은 아시겠지

붉은 내 사랑
알알이 터진 뜻을
눈 시린 파란 하늘 아래
입 안 가득 상큼하고 달콤한
내 사랑을

시어의 빈곤

생각하고 느끼는 감성을
표현하지 못함의 당혹스러움
가슴 밑바닥에서 치미는
아린 통증의 절망

사랑을 더 애틋하고 달콤하게
가슴 뭉클하도록 엮어 둘
언어의 부재
속 알맹이 텅 빈 쭉정이 씨앗

어둠이 여명을 불러오듯
초승달 날마다 조금씩 채워 보름달 되듯
빈 가슴 채워 은은하게 빛나는
은하 계곡이면 좋을 걸

그리하여
달콤 쌉쌀한 언어로 승화시키고
풀어낼 줄 아는 글쟁이 꿈꾸어 보는
어설픈 풋내기 시인

진달래와 아버지

아이는 기다리고 있다
나무하러 가신 아버지를
아니 아버지의 지게를

지게 위 활짝 핀 진달래꽃을 따라
춤추는 하얀 나비 살랑살랑
맴돌며 아버지의 지게를 따라온다

아버지는 산에서 봄을 지고 와
마당 가득 봄을 피워내고 있었다.

아버지가 지고 와 부려 놓은 풋나무 사이사이
노란 개나리가 산 벚꽃이
분홍진달래 가 웃고 있다

지게를 받치는 아버지 얼굴은 산 벚꽃 같았고
지게에 꽂아온 한 움큼의 진달래꽃을 건네주는
아버지 웃음 속에는 봄 냄새가 가득했다.

아버지의 가을

봄이 오기를 기다리셨나. 3월
영원한 곳으로 어머니 먼저 보내신
설움 맘 가누길 없어 된 여름 논배미 헤맬 때
가슴팍에 흐른 땀은 더워서 흐른 땀만은 아니었다고

붉은 망에 담긴 양파가 말하고
마당에 널어진 참깨가 말하고 있다
주렁주렁 열린 보랏빛 가지가 탄식하며 그 맘
딸인들 어이 알 수 있느냐고

가슴에 남은 사랑 어머니 대신 나눠준
벼 포기마다에 쏟아낸 아버지의
땀방울이 누렇게 영글어 가고 있다
가슴에서 쏟아낸 아버지의 가을이

아침의 행복

햇살을 품어 자르르 윤기로 빛나는
빨간 사과 한 입 꽉 베어 문다
사각사각. 이 표현이 맞을까

아삭 달콤함 사각 상큼함
입안 가득 머무는 향과 맛
음 ~~ 그래 이 맛이야 ㅎ

목덜미 타고 넘어가는 시원함
가슴 속까지 상큼해지는 맛
머릿속까지 맑아지는 이 느낌

다시 한 입 베어 씹어 본 다
아삭아삭 사각사각 상큼한 소리
향과 맛 온몸으로 스며든다.
사과 한입에 행복한 아침이다

애달픈 목련

눈 가는 곳 여기저기
봄은 피어나고
잎이 피기 전
마른 가지 목련
수줍은 소녀의 가슴처럼
봉곳 솟아오른 꽃봉오리

상상화 같은 애달픈 반쪽 잎새
언제 볼 수 있으려나
당신 보려 긴 겨울
꿈으로 기다린
애달픈 목련꽃

햇볕 따스한 날 홀로 피어
봄 하늘과 어울릴 당신
상상하며 배시시 눈뜨고
당신 모습 기다림 끝
언제일지

어머니와 첫국밥

엄동설한 삭풍 부는 밤
잠자리 머리맡 물 꽁꽁 얼어
하늘로 솟는 방
산고의 진통이 있어
내가 태어났다고

쌀알은 듬성듬성
고구마 순 넣어 끓인
새까만 국밥이
어머니의 첫국밥이었다고

어머니는 눈물 글썽이며 말씀하셨다
아무것도 몰랐던 나에게
첫 국밥의 아린 전설 어머니 설움
지워질 날 있을지

그 전설이 얼마나 서러움인지
오랜 뒤에 알았지만
위로해드리지 못한 딸은
오늘도 마음만 먹먹합니다

연꽃 소망

두 손 모아 빌고 또 빕니다
진흙 속 뿌리내린 사랑
흐려지지 않기를

가슴 태우며 정화했습니다
하나밖에 없는 내 집
눈물로 피워낸 사랑

소망 담아 피워낸 꽃
손 모아 기도합니다
내 사랑 아름답기를

연정

흩어질 듯 춤추는
하얀 드레스
속눈썹 같은 얕은 가슴
별을 안고

휘어질 것 같은 허리
감싸 안는 연둣빛 연정
하얀 철쭉 더 하얘지고

심술쟁이 구름 비를 몰고 와
비에 젖은 철쭉 하얀 꽃잎 마음 상해
새초롬하니 삐져 고개 돌리네

오월의 신열

여신이 잠에서 깨어나고 있다
도도한 몸짓으로 우아하게
싫어도 싫다. 못 하고 꺾어지는
아픈 생채기 붉은 꽃잎에 숨기고
가시를 품은 가슴을 않고

보이기 위해 핀 울타리 장미
사랑 올가미에 묶여 버려진 아픔
다시는 피우지 않겠다고 다짐한 말
끌어안고 토해낸 오월의 신열
각혈 같은 붉은 사랑 품어 않고

안개비에 마른 가슴 촉촉이 젖어
나를 꺾지 마세요. 외치듯 뚝뚝
눈물 흘리는 장미의 몸짓 그래도
당신 사랑 없이는 살 수 없다고
붉디붉은 입술을 또 내어 준다.

유월은 그렇게

한껏 뽐내던 봄의 자태
흩날리는 향기
꽃의 유혹 뿌리치지 못하고
벌 나비 작은 날갯짓
유희에 맺은 사랑
사랑은 책임이 있다고
알알이 맺은 앵두 살구 버찌 오디
열매들을 품은 오월을 보내고
동글동글 멋지게 품위를 자랑하고
달콤하고 쌉쌀한 향 품고 풍기며
그렇게 유월은 익어가고 있다

정령의 가을

가여운 영령들의 마음이 피었을까
그 곳 가을은 곱고도 곱게 번지고
은행잎 한 아름 안아 하늘로 날리는
해 맑은 아이 웃음소리가 현충원에
무겁게 깔린 가을 침묵을 깨운다

따듯한 마음을 모아
자기만의 색으로 수놓은 가을의 정령

채 피우지 못하고 산화된 사랑
연인을 향한 마음 붉게 타들고
아비의 속절없는 마음은 노랗게 물들고
한없이 죄송하기만 한 부모님 생각은
갈색으로 젖어 들지는 않았는지

현충원의 작은 연못은
처연하도록 아름다운 가을 산과
파랗게 멍이 든 가을 하늘을
제 가슴 있는 대로 받아 안고 벅찬 마음
윤슬 되어 숨죽여 흐느낀다

아 ~~

가을 정령 신음 소리에

가만한 바람 일어 빛으로 다시 태어나

내일을 기다리게 하는 영령의 눈물들

핏빛으로 가을을 물들이고 있다

지게의 꿈

하릴없이 헛간 구석에 서 있는 나는 지게
볏짚 엮어 만든 등받이는 헤질 대로 헤졌고
싸릿대 바 작 너덜너덜 상처투성이지만
아직도 그 등의 따듯하던 온기가 그리움인데
농부의 손길 멎은 지 오래다

산등성 자갈밭 키 작은 붉은 고추도 지고
비탈진 밭 주렁주렁 고구마도 저 날랐다
무릎까지 푹푹 빠지는 수렁 논배미에 힘도 들었지만
누렇게 익은 나락을 보는 농부의 웃음이 내 웃음이기도 했다
닷새 한번 십 리 장길 시조 가락에 지겟다리 장단도 맞추었었다

지게 바 작에 앉아 생글거리던 딸 시집간다고
하얀 목화솜 이불 어루만지며 못내 아쉬움의 손길은
시원섭섭하다 고개 돌려 허공을 보며 뜨거운 눈물 흘렸지
이제는 머리 하얀 노인이 되어 돌아보는 야속한 세월
나를 쓰다듬는 농부의 손끝이 파르르 떨리고 있다

지게는 꿈을 꾼다. 산등성 키 작은 고추밭에 가는 꿈을

찔레꽃 향기 맴돌고

통통하게 물오른 찔레순 꺾어 먹던
동무들 웃음소리 메아리로 울려 퍼지고
산기슭에 분홍색 진달래꽃 곱게 피면
구름도 내려와 쉬어 가던 곳

땀방울 송골송골한 얼굴로
찔레순 한 움큼 건네던 동무의
살짝 맺힌 핏빛 손가락을 보며
가슴 뭉클함에 설핏 눈물 어리던 곳

파란 물감 뿌려 놓은 듯한 하늘에
뭉게구름 번지듯 꿈이 영글어 가던 곳
새끼손가락 걸며 우정을 다짐하던
찔레꽃처럼 하얀 너를 그려 본다.

파도의 애무

모래알 사이사이 스며드는 간지러운 애무
애틋한 밀어 속살거리며 사랑의 몸짓으로
밀려오는 파도 쏙 살뜰히 품어 안는 모래밭

순수의 마음을 모래 위에 하얗게 풀어헤쳐 사라졌다
다시 하얗게 피워오는 간살스러운 몸짓 몸부림으로
바다의 영혼 파도는 밀려오고

지칠 줄 모르는 파도의 무한 사랑에 해님은
시기와 질투를 내뿜어 뜨겁게 모래밭을 달구지만
파도의 사랑에 시기도 질투도 쓸려간다

그렇게 파도와 모래알은 자아의 반짝임과
간지러운 애무로 사랑과 꿈을
애증으로 다독이며 밀려오고 밀려간다.

깍지

여인의 하얀 원피스 자락 남녘 바람에 살랑이면
사내는 설화의 매화를 피워 고운 님 오시길 기다리고
붉은 홍매화 사랑을 받아 안은 사내의 가슴은
쿵쿵거리며 터질 듯하여 어쩌지 못하고
초록의 봄이 되어 간다.

그 사내의 와이셔츠가 하늘빛을 닮으면
백치 여인의 가슴은 살랑이고 설레어
마음이 먼저 개나리를 피우고 목련을 피워내며
새초롬히 수줍은 웃음 번지어
여인은 분홍 두견화를 닮아 간다.

목을 쭉 빼며 성큼성큼 사뿐사뿐
손가락 깍지 끼고 발꿈치 치켜들며
사내와 여인은 봄을 불러오고 있다

죽어 천년

살아 천년 죽어 천년이라는 주목
태초의 말간 몸뚱어리 삭풍에 맡겨두어
태백산 한 자락 수묵화로 채색하게 하고
홀쭉해진 날갯죽지 영원을 향하고 있다

세월의 흔적으로 삭아진 뿌리의 앙상함
설움의 겨울 눈물 안으로 삼키는 그 도도함
그 당당함 간직하려 손전화에 담던 나
네게 주눅 들어 살며시 고개 숙였다

세상의 삶이 아무리 힘들다 한들 태백의 주목 너만 하랴
너를 또 볼 수 있을지 알 수 없는 세월 앞에
겉치장 없는 잿빛 알몸으로 빛나는 너를 눈에 담았고
천년의 세월은 먼 훗날 도란도란 이야깃거리 되겠지

살아 천년 죽어 천년 태백의 주목은

낙수의 꽃

방울방울 맺은 물방울 꽃
밤새 비가 만들어낸 꽃
떨어질까 봐 마음 졸리게 하는 꽃

대지의 가슴으로 스미는 꽃
기다림의 가슴을 촉촉이 적시는 꽃
꿈틀거림을 재촉하는 꽃

기다림으로 애타게 하던 꽃
살포시 사랑을 피우게 하는 꽃
낙수의 투명함은 달콤한 사랑을 피우는 꽃

새벽 창가에 맺은 빗방울 꽃
홍매화 꽃망울 감싸 안은 방울방울 분홍의 아름다운 꽃
사랑하는 이에게 마음껏 편지 쓰게 하는 꽃

은쟁반에 또르르 굴려서 사모하는 님께 보내고픈 꽃

바람으로

달빛 사랑으로 수줍게 맺은 조롱박
조롱조롱 한낮 졸음에 꾸벅이고
동동 고무신 배안 짧은 촉 수 휘휘 저으며
슬금슬금 달팽이 기어다니던
그곳으로 바람처럼 떠나자

햇볕 뜨거운 여름날 비탈진 산자락
베적삼 흠뻑 젖은 농부의 등줄기 땀을 식혀주고
황토밭 쟁기질에 거친 숨 몰아쉬는 누렁이 등에도
시원한 바람이 되어 보자

산기슭 밭뙈기에서 수런수런 아낙네들
젊은 날 사랑 이야기 엿듣고
살아온 푸념의 넋두리 품어 안다
허공에 흩뿌리는 바람이 되어보자

산 중턱 적송 향기 코끝에 스쳐 가슴에 닿으면
너럭바위 걸터앉아 다리 흔들며
콧노래 흥얼거리던 그리운 그곳으로
바람처럼 떠나자

제목 : 바람으로
시낭송 : 장화순

스마트폰으로 QR 코드를 스캔하면
시낭송을 감상할 수 있습니다.

바늘

"최소한 한 달은 통증이 있을 수 있겠는데요"
그 말이 왜 그렇게 얄밉게 들리는지

내 몸속에 한두 쌈의 바늘이 들어 있는 것 같다
바늘은 마음대로 핏줄을 헤집고 다니다
제 마음 가는 대로 콕콕 몸 전체 여기저기에
동시다발적으로 바늘 끝을 꽂아 대고 있다

바늘 끝 아픔은 몸과 마음에 동시 반응을 보인다.
저절로 움찔거리는 몸의 반응과 신음
갈 곳도 없는데 거리를 걷기도 했지만
통증에 오래 걸을 수 없었고
길거리 음악 소리가 있는 곳에 서성거려 보기도 했다

가만히 죽은 듯 눕는다
차라리 죽었으면 좋겠다던 어떤 이의 말
주르르 눈꼬리를 타고 흐르는 눈물
그럴 수 있겠구나
죽고 싶을 수 있겠구나

태백산

명산 중의 명산 그곳에 내 첫 발자국을 떼었다.
꼭 보고 싶었던 민족의 명산 웅대한 꿈을 주는 태백산은
겨울의 하얀 이불자락 덮고 조용히 명상에 든 것 같았고
그런 태백의 숨소리를 들어 보고 싶었다

고개 숙이며 받치는 제물과 사람들의 비손
태백산 날 망의 천제단과 한배 검 재단은
무엇을 보고 무엇을 담아 하늘을 향해
주문을 외웠을지 자못 궁금한 마음이었다

새로운 생명을 잉태하기 위해 하얀 마음으로
삭풍의 바람을 견디는 그 산에 무엇을 바라고
무엇을 빌 수 있으랴 무념무상으로 재단을 바라보다
뽀드득뽀드득 발밑 하얀 눈만 바라보며 태백산을 내려왔다

속 싸움

스르륵스르륵 정갈하게 먹을 간다.
향긋한 먹 향이 흐릿한 정신을 깨우고
작은 공간 가득 먹 향이 배어들면
붓에 먹물 듬뿍 묻혀 정성을 담고
마음을 담아 백색 화선지를 채워간다

하얀 화선지 위에서 꿈을 꾼다.
냇가에서 본 까맣고 여린 잠자리 물 위를
마음대로 주춤주춤 오르락내리락 유영하던
그 모습을 닮아 붓끝은 화선지 날지만
한낮 꿈이로소이다

마음은 바로 가나 붓끝은 비스듬히 가고
붓끝은 부드럽게 놀리나 글씨는 둔탁하다
그만두어라. 아니다 시작했으니 될 때까지 해라
한마음이 두 마음으로 갈리어 이간질하며
내 속이 갈등의 속 싸움으로 시끄럽다

무대에 서다

또 한 번의 실험이 시작되었다
수없이 많은 실험의 무대를 살아왔지만
새해 첫날 새로운 무대가 주어질 때마다
기대감은 상승하고 내 삶의 주인으로
오롯이 살아가리라 다짐하지만 ~~

삶은 무한의 도전장을 내미는 것
새로이 시작하는 한해의 첫날 첫 무대의 아침
나날이 주어지는 매일 아침의 무대
그 무대에서 난 주인공이 되어 오롯이
향기 피워내 그 향기 타인에게 전하고자 하지만 ~~

인생의 연륜은 쌓였지만 난 아직
철이 덜 든 아이 같은 어른이고 싶고
거기에 사랑을 담고 정을 담아 변함없는
삶의 무대가 되는 부드러운 핑크빛 감도는
마음의 등불 밝히고 한 해를 살아 보리라는 생각은 하지만 ~~

서성서성 주춤주춤

스쳐 지나가지 못하고
나뭇가지에 앉아 머뭇거리고 있다
작열했던 여름 행복했던 그 웃음 때문에

매일 찾아와도 잎사귀 반짝이고 손짓하며
반갑게 맞아주던 해맑은 웃음으로
가슴 떨리고 설레게 했었지

이제 가을이라는 이름 아래 고운 빛 빚어내
아름다운 사랑을 노래하려 준비하는 너 때문에
쉽게 떠나지 못하고 나뭇가지를 맴돌고

가을 고운 이 와 열애에 빠져 찾아와도 모른 척할까
마음조이며 가지를 붙잡고 잊지 말라 흔들며
서성서성 주춤주춤 애달아 머뭇거리는 바람

서걱거리지만 소망이 있는 길

겨울이라는
서걱거리는 길을 걸었다
구석진 곳에 소복이 싸여 퇴색된
가을의 유서 같은 잔영을 밟으며

어디선가 바라보고 있을 것 같은
금방이라도 바스락거리는 낙엽 밟으며
햇살 같은 웃음 환하게 웃으며
성큼성큼 다가올 것 같은

산꼬데 바람 불어
하얀 서설의 눈꽃 피면 꺾어질 것 같은
여린 가지 끝 작은 눈매가 소망을 품고
사랑을 피우려 꽃눈 오므리고 준비하는

아직은 겨울의 긴 여정이 남아 있으니
하얀 뭉게구름 산으로 땅으로 내려앉아
연인들의 발자국 새하얀 눈꽃처럼 새겨
그 사랑 따뜻하고 포근하게 안아 주길

찻잔 속에 피는 가을

가을이 피어난다. 하얀 찻잔 속에
지난가을 못다 피운 이야기 꽃을
피우려 따뜻한 사랑을 품는다

가을에 덖어 말려둔 아기단풍잎
하얀 찻잔에 담아 따끈한 물을 부으니
쭈그러졌던 가을이 화르르 피어나고 있다

너무 짧은 가을 탓에 다하지 못한
고왔던 가을 이야기가 찻잔 속에서 꽃처럼 피어
수런수런 가을 이야기 화려하다.

향기로운 향은 아니지만 고고한 그 모습
가슴에 담아두었던 그 아름다움
겨울 눈꽃 하얗게 피는 날 너를 찾는다.

이른 아침 곱게 잠든 임을 보는 설레는 마음이듯
해거름에 임을 만나러 가는 즐거운 마음이듯
한 모금 또 한 모금 찻잔 속 가을에 젖어 든다

갈비의 초대

어젯밤부터 내리던 가을비가
유리창에 내려앉아 방울방울
맑은 눈동자로 차 한 잔 들고
놀러 오라 속삭이며
투명한 속내를 보인다.

따끈한 차 한 잔을 들고
베란다로 마실을 간다.
어둠이 걷히는 창밖의 풍경은
갈비로 쌀쌀함을 더하며
화려한 가을로 초대한다고
유리창에 가을을 그리고 있다.

간지럼 나무의 꽃

애틋한 마음 담아 사랑을 말하고 있다

그리움이 한가득 흔들리고 있다
끓어오르는 열정의 마음 애태우며
그리움은 산들산들 사랑을 부르고 있다

가지마다 분홍빛 열정을 가득 담아
애타게 사랑을 갈구하는 몸짓으로
지나는 바람결에도 간절히 소망한다

저 여린 꽃잎의 가지고 싶은 꿈 행복
꽃잎의 수만큼이나 수다스러울 것 같은
배롱나무꽃 붉게 피어 사랑을 부르고 있다

갈바람의 사랑하나

사랑이 너무 많아도 아픔이 된다고 하지
그래서 삶의 한 단면이 서럽도록 아파도
나는 사랑을 한 다오 그대

나. 갈바람의 심장이 되어 가을을 불러오고
산등선 피어나는 가을꽃 아름다움에 뛰는
내 심장을 드리고 싶소, 그대

갈바람 붉은 꽃으로 핀 내 심장 당신께 드려
그날 가슴에 새겨둔 추억 하나 그리움으로 피워
고개 끄덕이는 웃음 피어날 그대

가을은 다시 오고 있다오, 사랑하는 그대
갈바람 꽃으로 피워 시리도록 아름다운
추억하나 꼭꼭 접어두소서 심장 뜨거운 그대

천구백오십 그 길

역시 자기만의 위대함을 과시하는 듯
쉽게 그 모습을 보여주지 않았다

약간의 흐린 날씨는 기어이 일을 내
비바람과 진눈깨비를 뿌리고
앞서간 사람들 발자국에 깨어진 살얼음 조각이
투명한 쓴웃음을 웃고 있는 길

막바지 계단 하나하나는 가보지 않은 지옥의 길이 이럴까 생각했다
차오르는 숨 내뱉는 것도 사치라 생각했다
그러나 물러설 수 없었다.
물러서서도 안 되는 길이다
그것은 나 자신과 싸움이 되었다

한라산 백록담 가는 그 길은 살아온
내 삶의 길만큼 나를 힘들게 하는 길이었다.
그러나 나는 너를 기어이 밟고 웃었다
그것은 나와의 싸움에서 내가 이긴 것이다

때문에

콩까지가 끼어서
사랑에 빠질 때는 이유가 있고 한다
얼굴이 예쁘기 때문에
긴 생머리가 멋지기 때문에
깊은 눈이 매력적이기 때문에
그 남자의 부드러운 매너 때문에
그런데 말 야
그 때문이 좋은 일이기만 할까

무엇 때문에 너를 사랑했다는 말
그것이 좋은 일이기만 할까
콩깍지가 서서히 벗겨지면
그때도 사랑으로 비칠까
때문이라는 사랑 말고
무제의 사랑은 없는 것일까
이유 없는 무제의 사랑
난 그런 사랑 해보고 싶어

때문이라는 말 없는

무게가 있으면서도 가벼운

그런 제목 없는 사랑

우리 그런 사랑 한번 해볼까

가을이 다 가기 전 아 ~ 하

이 말도 때문이라는 이유가 되겠구나.

이유 없이 다가오는

그런 사랑 어디 없을까?

바람의 사랑

가을 신의 유혹에 파르르 떨리는 맘
진정할 수 없게 뛰는 가슴 비명의 소리
앳된 그 사랑처럼 아름답다 라고 말한다.

앳된 사랑의 그 설렘을 감추고 아닌 척
떨림의 손끝 들키지 않으려 모른 척했던
그때의 마음 소리 없이 사랑을 부른다.

순간의 첫사랑 키스에 마음 빨개지게 하던 너
떨리는 손끝 스쳐 온몸 노랗게 달뜨게 하던 너
한라산 실크로드에서 그 사랑을 찾는다.

파스텔의 수채화 사랑을

너마저

온종일 미세에 찌든 하루였다

별빛도 보이지 않는
도시의 휘황한 불빛에 질려
무심히 바라본 하늘
서쪽 하늘에 뜬 초승달이
빨갛게 보인다.

미세먼지가 많으면
석양도 더 곱게 물든다고 하던데
캄캄한 밤중 작고 여린 초승달이
미세먼지 덫에 걸려 속을
붉게 태우고 있다

인연의 고리

솔향 가득한 바닷가 그 길 그곳에
태초부터 있었던 것처럼 잘 어우러지는 정자
까만 밤 달빛 영혼이 쏟아져 내리면
바다는 윤슬의 빛이 되어 살랑거리고

용궁 속 여인들은 은비늘 반짝이며
튀어 올라 윤슬의 품으로 뛰어들어
당신을 사랑한다고 몸부림으로 스며들어
달빛 영혼을 안고 사랑 노래 부르고

솔잎 끝 이슬 영롱하면 돌아가야 하건만
지난밤 사랑으로 행복했던 맘 어쩌지 못해
낮달이 된 임을 우러르고 하얗게 부서진 사랑을 안고
임을 따라 인연의 고리에 제 몸 하얗게 바래고 있다

삼천포 그 여인

사랑의 언약은 수평선 너머
저 먼 곳에서 시작된 것일까
하얗게 부서지는 포말의 파도처럼
흔적 없이 사라지는 것이 사랑인가

언제쯤 돌아올까? 가슴에 애증을 안고
가물거리는 수평선 너머만 바라보고 있는 여인
바다를 닮은 두 가슴이 한 그 언약 잊지 않기를
하얗게 밤새우며 손 가지런히 모았건만

바닷물에 절여진 사랑 단단하리라 믿었는데
돌아오는 길 잃으셨나. 어느 임에게 마음 주었나
임에 모습 파도로 밀려와 품속에 안아보지만
형체는 물거품으로 흩어져 사라지고

임을 품었든 그 가슴은 파도에 멍들고
칼날에 베인 듯 마음은 아리고 몸은 망부석 되어도
기다림의 꽃을 가슴에 피우며 삼천포를
사랑으로, 사랑으로 기억하라 하는 그 여인

제목 : 삼천포 그 여인
시낭송 : 장화순
스마트폰으로 QR 코드를 스캔하면
시낭송을 감상할 수 있습니다.

숨바꼭질

붉은 양파망을 씌워주고 잘 여물라고
수수 머리를 쓰다듬는 농부의 마음과 손길
톡톡 맛깔스럽게 영글기를 기다리며
수숫대 주변을 맴도는 새들
농부와 새들의 쫓고 쫓기는 숨바꼭질이 시작되려 한다.

공들인 알곡 한 알이라고 더 거두겠다.
수고를 아끼지 않으며 붉은 망을 씌우는 농부
한 알이라도 더 쪼아 먹겠다 날아드는 새
그 사이에 땅 넓은 줄 모르는 수숫대가
위로만 멀쑥하게 솟아올라 바람에 흔들리고 있다

노을에 마음을 담다

오늘 저 노을은 어떤 사랑을 품었기에
저토록 아름답게 피어오르고 있을까

저리 아름다운 사랑 피우기까지
낮 동안 파란 하늘 양떼구름 속 각기 다른 모양
구름의 조화로운 사랑 매듭이 맺어진 아름다운 이리라

하얀 솜사탕 사랑이 번져 뭉실뭉실
가슴에 곱게 피어나는 사랑 되어
산마루 끝자락을 아늑하게 안고 있음이리라

노을 속으로 녹아들어 저토록 고운
노을의 바다가 되었으리라
우리의 인연도 그리고 싶다

아버지에게 가는 길

칠월부터 피어 백일을 피운다는 간지럼 나무 아래
까르르 아이들 웃음소리 맴돌아 그리움 쏟아지면
가지마다 선홍빛 꽃을 피워
꿈과 소망을 가득 담아 하늘 높이 날려주고
강아지풀 씨앗 영글어 무거워진 고개 제풀에
흔들리는 길을 가고 있다

달맞이꽃 지천으로 펴 흔들리고 있는 길
은근하게 내어주는 아침 햇살에도
기다리는 임이 아니라고 살짝 오므린 꽃잎
별빛이 데려다주는 달님을 기다리며
부는 바람에 저를 맡기고 달님을 닮은 노란 가슴
꼭 감싸 안고 있는 길을 가고 있다

농가의 담장 안 샛노란 키다리 꽃 담장 밖을 기웃거리고
산개나리 곱게도 피어 저를 뽐내며 손짓하는 길
모르기도 알기도 한 꽃들 흐드러지게 피어있고
볼연지 곱게 찍은 복숭아 길가에 나 앉아 달콤한 향으로
유혹하는 꼬불꼬불 농촌 산길을 가고 있다

연로하신 아버지에게 가는 길은 언제나

근심. 걱정이 있기도 하고 무상무념의 길이 되기도 하며

사랑과 행복을 한꺼번에 쏟아주는 해맑은 길이기도 하다

그렇게 나는 일주일에 한 번 이 꼬부랑길을 넘나들고

그 길 끝에 아버지가 계셔 더 아름다운 길이 되고 있는지 모르겠다

달개비

보랏빛 그 마음은 사랑이었을까
어느 해던가 그 여름 이슬 반짝이던 날
노란 가슴 순간들의 해맑았던 웃음이
두 장의 보랏빛 꽃잎을 흔들어 놓았었지

고무신 배에 실려 있던 붉은 석양처럼
너를 보면 괜스레 입꼬리 올라가는 웃음 띠고
살짝 뛰던 노란 가슴의 설레는 심장 다독이며
부끄러운 마음 담아 살그머니 입맞춤했었지

가랑비에 옷 젖는 줄 모르고 그리워 그리워하다
그대를 사르르 가슴에 담아 외로워야 했고
보랏빛 꽃잎 사이 기다란 꽃술의 노란 꽃가루처럼
하얗게 밤새우며 너를 닮아 가고 있었지

폭염!

여린 꽃잎이 지쳐 고개 숙이고 있고
억센 잡초도 폭염에 힘겨워 몸부림치고 있다

자연의 섭리를 거스른 인과응보라고
시어가 뚝뚝 땀을 쏟아내고 있다

시어가 땀에 절여져 한숨 쉬고 있고
턱턱 숨이 막힌다고 헐떡이고 있다

땀이 흐르고 흘러 시어를 적시고 있고
땀은 시어의 눈물인 양 시치미 뚝 떼고 있다

그 애

가위눌려 잠 설치고 나선 길
별빛도 숨어 버린 하늘에
어스름 새벽이 강둑에 서성인다.
저기 어디쯤 그 애는 있을까
가로등 졸고 있는 빌딩 숲 그곳에

여명의 빛이 떠오르기 전
가장 어두운 새벽
젖은 눈은 초점 없이 흔들리고
강 건너 빌딩 숲속에 그 애는 있을지
찾아도 담지 못할 눈동자가 떨리고 있다

살짝 눈웃음치던 열다섯 그 애
십 년 후 만나자던 그 애
소리 내 울지도 못하는 사내의 가슴에
안개비만 내리고 있다

갯골

호기심 많은 것도 병이라 하겠다

이렇게 깊을 줄 몰랐다
네게 빠져버린 것은 내 잘못이 아니고
그것은 너의 잘못이라 변명하고 싶은데
살짝 한 발 내디딘 나에게 사유가 있다

그곳이 그렇게 깊은 허 당인 줄 어찌 알았으랴
한번 빠지면 헤어나기 어려운 갯골 그곳에
그렇게 부드러운 사랑의 골이 있는 줄
네게 빠져 허우적대고야 알았다

깊이를 가늠할 수 없던 갯골 그곳에
연민의 꼬투리 톡 터트려 시작된 사랑
바보 같은 백치 시나브로 빠졌고
소중한 보물이 있어 여기까지 왔다

내가 누구인지 모르게
나는 어디에 있는지 모르게
있어도 없는 듯
그것이 인생이고 삶이고 사랑이었다고 나는 말했다

유월

유월의 장송곡이 뜨거운 태양 속으로 메아리 쳐든다
젊은 그대들 위대한 꿈 간 곳이 어디인가
꽃봉오리 채 맺기 전 속절없이 이슬처럼 사라져가
곳곳 골짝마다 영혼의 소리 없는 울음 번지는
유월은 그렇게 왔다

남겨진 자의 가슴은 천 갈래 만 갈래 찢기어
하늘을 보며 통곡하고 땅을 치며 돌아오라 애원해도
그림자마저도 보여주지 못하는 사랑하는 사람아
그대 발걸음 어느 곳으로 접어들었는지
어두운 곳 헤매지 말고 저 푸른 하늘로 가소서

푸른 유월의 하늘이 말하고 있다
오직 나라를 위해 초개처럼 산화되어 사라진
저들의 위대한 영혼이 슬픔에 젖게 말라고
서로를 믿어주고 안아주는 사랑만 있어
화합의 웃음꽃이 피기를 기다린다고

이제 슬픔의 보따리를 풀어 헤쳐 날려 보내고
희생된 영혼을 슬픔 속에 가두어 두지 말라고
내일을 향한 밝고 맑은 빛의 노래가 되게 하라고
넓고 넓은 우주 공간의 찬란한 빛이 되게 하라고
푸른 유월의 산하에서 그들은 무언으로 외치고 있다

칠월

일 년의 반 유월이 하루 남았다
사람들은 하얀 종이에 까맣고 붉은
숫자를 나열해놓고 한 장 한 장 넘기며
세월이 잘도 간다고 탄식한다

가는 사람 앞모습은 볼 수 없지만
쓸쓸하든 즐거워 보이든 뒷모습은 볼 수 있는데
가는 세월은 뒷모습도 보여주지 않으면서
봄을 보냈고 정열의 여름이 왔다고 한다

벌써 칠월이라고 아쉬운 탄성을 지르고
뒷모습 보이지 않는 세월 따라가면서
무슨 날 무슨 일 하며 한 달 시간표에 맞춰
나열된 숫자에 붉게 동그라미를 친다

치열하게 싸워야 할 칠월이 오고 있다
등줄기 흥건히 적시는 땀과 싸워야 하지만
치열하게 싸우며 기꺼이 동거하자 칠월아
팔월과 구시월 동지섣달이 남아 있음이 희망이다

감꽃

살랑살랑 걸음 따라 흔들린다.
고운 상아색 꽃목걸이가
어떻게 끼워야 예쁠까
이렇게도 저렇게도 끼워 보던 때

그날 감나무 아래 흐드러지게
떨어져 있던 감꽃들의 웃음
굵은 바느질 실에 차곡차곡 끼워
목에 걸고 뛰어놀던 그때

한나절 앉아 만든 긴 감꽃 목걸이
왕관도 되고 작은 손가락에 반지도 되었다
오늘 골목길 담장 밑에 떨어진 감꽃에서
상앗빛 감꽃 목걸이 만들던 아이들을 본다.

익숙한 기다림

오늘도 먼 곳을 보며 서성이고 있다
그제도 그랬고 어제도 그랬다
오늘도 그러고 내일도 그러리라
익숙한 바람 불어오면 마음이 펄렁인다.

아스팔트 길에 뒹구는 낙엽이 그러듯
창가 여자의 기다림은 아직 끝나지 않았다
억새꽃이 쓰러질 때쯤 오겠다고 하던 사람
몇 번의 억새꽃이 쓰러졌는지 기억하지 않는다.

일상처럼 습관처럼 기다림은 일과가 되었다
가을이 되면 어서 겨울이 와 억새꽃 쓰러질 날을
봄여름 가고 가을 되어 억새꽃 하얗게 피어 휘어져도
오지 않을 줄 알면서 익숙한 기다림은 이어진다.

고등어

고등어 한 마리 도마에 얹히니
도마는 푸른 바다 되어 출렁인다.
짙푸른 등 자랑하며 힘차게 꼬리 흔들며
고등어 떼가 몰려온다. 항의 시위 하듯
점프하는 고등어 등에 햇살이 푸르게 부서진다.

아~
너희들이 있어 바다가 깊어지고
너희가 있어 바다가 푸르구나.
망망대해 바다가 희망으로 번뜩이고
행복의 노래 하늘로 번져가
짙은 가을 하늘이 시작되는구나

짭짤한 바닷물에 휘둘리어 단단하고
감칠맛 내는 네 등살 한 점 얻겠다.
끼룩거리며 갈매기 날개 쳐대는 곳
바다를 품은 네 등에 갈매기가 날아든다.
파도가 하얗게 부서진다.
고등어가 토막 난다

간이역

사랑의 씨앗으로 태어나
알 수 없는 미지로 가야 하는
공간과 공간 사이
짧지 않은 삶의 시간을
머물고 있는 우주 공간은
내 삶의 간이역

북풍에 차가워진 몸
유리창 투과해 들어와
한참을 머물러
몸을 데워가는 안방은
햇빛 간이역

이름 없는 그림쟁이
첫사랑을 담아 놓은 듯한
파스텔 톤 벽의 소녀
해맑은 웃음이 아름다운 역

해넘이까지 몇 사람이나 태울까

유리창 넘어 들어오는 햇살에

시간표가 꾸벅꾸벅 졸고 있는

수채화 같은 간이역

달맞이꽃의 소망

달무리 진 그대를 사모합니다.
부끄럽고 부끄러워하지 못 하는 말
가슴속 뛰는 심장 소리를 듣고
내 눈을 보고 나를 알아주세요.

솜사탕 같은 달콤한 사랑으로
그대 혀 깊숙이 빠져들고 싶고
그 품 안에서 헤어나고 싶지 않은 맘
부드러운 나의 유혹에 흔들려보세요.

밤이슬은 촉촉이 내 몸을 적시고
초승달 그 새침한 입술은 멀기만 해
애타 하는 내 노란 가슴은 까만 밤
빈 들녘에서 서성이네요.

봄을 불러들이다

늦겨울 삭풍 부는 날 제 몸 낮추어
실바람 불러들이는 냇가의 버들강아지
부드러운 촉수마다 꽃바람이 입맞춤한다.

촉수마다 명주바람 스치어 고고한 꽃술 피워
오가는 사람들 발길 멈추게 하여
따스한 봄이 온다고 희망을 주는 버들강아지다

네 부드러운 촉수에 가만히 입맞춤하며
나의 봄을 피우기 위해 버들강아지 너를
가슴속 시어에 담아본다

가만한 바람 불어 물결이 잔잔히 흔들리어
물오리 발장난 여유로운 냇가에 봄 햇빛 따사로울 때
버들강아지 졸음에 겨워 하품을 한다.

빌려온 것

여행 중이다.
멀고 긴 여행 사 분의 삼을 왔다
중간중간 여행길에 만난
사람들의 아름다운 정도
놓치고 싶지 않은 웃음도 있었다.

필요악
그것도 여행의 한쪽을 채우고 있다
잊을 수 없는 편린의
조각으로 남아 있다
결코 남기고 싶지 않은 추억으로

영원히 아닌 빌려온 것이란다.
걸어온 길보다 짧은 여행길이 남아 있지만
내 것이 아닌 빌려온 삶을 태초부터 내 것이라
누리고 살며 자만으로 살고 있지는 않은지 돌아본다.
빌려온 삶의 여행길에서

내가 꽃잎이고 싶은 것은

햇살 한 아름 금빛으로 찬란하던 날
한 점 바람은 여린 가지 끝 간지럽게 하여
단아한 한 송이 꽃을 피워냈고 그 꽃
생이 다하도록 고운 모습으로 아름답게 살며
온 누리를 향기롭게 하였다

그런 어느 날 꽃잎 하나둘
시나브로 떨어지는 아픔 어찌 없으랴
흔적 없이 사라지는 두려움 어찌 없으랴 만
조용히 저를 내려놓을 줄 아는 그 묵언이 좋아
나는 너를 닮은 꽃잎이 되고 싶다

살다가, 살다가 태초의 머 ~ 언 그곳으로
다시 돌아가는 꽃의 삶 끝자락에서도
아픈 신음 소리도 내지 못하는 너를
가슴 가득 뜨겁게 끌어안고 나는
너를 닮은 꽃잎이 되고 싶다

제목 : 내가 꽃잎이고 싶은 것은
시낭송 : 장화순

스마트폰으로 QR 코드를 스캔하면
시낭송을 감상할 수 있습니다.

2월은

어지럼증의 병을 만들 준비를 한다.
세상을 순례할 준비하게 한다.
지하의 세계도 지상의 세상도
기지개를 켜는 준비를 한다.

겨울 나목의 앙상한 가지마다
볼록볼록 꽃 태아가 태어날 준비를 하고
서릿발 서걱거리는 그늘진 곳에도
보리잎 여린 잎새 손짓하게 한다.

개울가 버들강아지 늦추위에 솜털 옷
보송하게 기지개 켜기를 하고
양지바른 담장 아래 민들레
낮게 앉아 손짓할 준비를 한다.

2월은 그렇게
봄을 위한 어지럼증 병을 준비하게 한다.

달빛에 빚은 술

허리 잘록한 와인 잔에 붉은 심장이
뜨겁게 내려앉아 숨을 헐떡이고 있다
잔을 들고 있는 손끝 파르르 떨리는 것은
달빛 머금어 빚은 그 한 잔의 술
그 빛 때문이라고 혼잣말을 한다.

맨 처음 여자가 되어 떨리던 그 날처럼
와인 위로 떠 올라 가슴 설레게 하는 그 이름을
단숨에 삼켜버린 사람
야속한 것은 세월이 아니라
자신이라는 것을 알았고 그것이 서러워
하이힐 뒷굽을 더 곧게 세워 걸어본다

생각하면 상처에 소금을 뿌린 듯 아린 사랑
울컥울컥 쏟아지려는 뜨거운 것을
목젖이 아프도록 삼키고 삼키며
핏빛 입술이 되도록 잘근거리며 간다.
달빛 머금어 빚은 그 한 잔의 술
그 한 잔의 술 때문이라고 눈시울 붉히며 가고 있다

세월의 처방전

예고된 천둥이 쳐댄다
이처럼 큰 천둥소리는 처음이요 마지막일 것 같다
세상을 뒤엎을 듯 쳐대는 소리
티끌만큼의 잘못이라도 있으면 빨리 손들라는 듯
날카로운 번개가 번쩍이며 내려치고 있다

잔뜩 물먹어 내려앉는 흙담의 소리 없는 절규처럼
마음이 무너져 내려앉는다.
무엇을 어찌해야 하나 가슴을 웅크리고 주저앉아
내려앉은 흙담 속으로 꾸역꾸역 밀어 넣는다. 나를
쏟아지는 장대비 속으로 마음이 쓸려간다

천둥도 번개도 장대비도 멎었다
지독히 오래도록 아파야 할 흔적들
찢기고 꺾여 치유되지 않을 것 같은 상처를
가슴 밑바닥 깊숙이 앉혀놓고 천둥과 번개는
쉽게 낫지 않을 거라는 처방전도 함께 주었다

찢긴 상처에 새순이 돋으려면 긴 시간이 필요하고

꺾어진 날개는 꿰매어 더 많은 세월을 두고

사랑과 정성을 쏟아줘야 날 수 있다는 기약 없는 처방전

그렇게 세월은 갔고 새순 돋아 곧잘 나풀거리지만

아직도 세월의 처방전은 나와 함께 가고 있다

거북 등 손

거스를 수 없는 치사랑과
내리사랑 육 남매에 조카 둘
그 자리가 얼마나 버거웠을지
심장은 반으로 쪼그라들었을 것 같습니다.

손은 거북 등 같았고 손가락 마디마다 갈라 터져
속살 보이면 옷 나뭇진을 바르고
상처에 반창고를 감으셨다
마디마다 감긴 하얀 반창고를 보며 아이는
아버지 손에 하얀 찔레꽃이 피었다고 생각했습니다.

덧없는 세월에 허물어지는 쭉정이 같은 가슴에
은혜의 붉은 장미와 카네이션
그 가슴에 몇 번이나 피울지
먹먹한 마음으로 손가락을 꼽아봅니다

오늘 당신을 불러봅니다.
아버지

가을 무덤

어서 오라 손짓하며
귓불이 뜨겁도록 사랑으로 속삭이며
타들어 가던 가을이 몸부림친다.
사랑은 너무 쉽게 잊어진다고

너무 쉽게 식어가는 사랑이라고
가지를 잡고 앙탈을 부리던 가을 낙엽이
나풀나풀 요염하게 떨어져 휑한 골목에
그렁그렁 눈물만 쌓아놓는다

가을비 소리 없이 내리는 날
고운임 닮은 단풍은 무거워진 몸을
시나브로 떨어트려 외로운 사람들 가슴에
쓸쓸한 가을 무덤을 만든다.

꽃무늬 유모차

그 유모차에 재롱을 떠는 아이는 없었다.
굽어진 허리로 밀고 가는 노인의 유모차
가팔랐던 젊은 시절 고단했던 삶의 흔적을
덕지덕지 온몸으로 안고 있어
관절은 마디마다 안으로 세월 꽃을 피워
기우뚱거리는 팔자걸음을 걷고 있었다.

굽어진 허리에 맞춘 키 작은 유모차
아픈 허리와 다리를 잠시 쉬게 할 수 있는
엉덩이 하나 겨우 얹으면 그만인 유모차는
또 하나의 다리가 되어 주었고
그것이면 족하다는 감사한 마음으로 노인은
꽃무늬 유모차를 밀고 다녔다.

빛바랜 유모차 속에는 갈래머리로 따아 내린
두견화처럼 곱던 혼인 전 사진이 있고
그리도 속 태우던 젊은 날의 남편 사진이 있었다.
남편이 처음이자 마지막으로 사줬다는 은비녀와
아끼느라 나들이 때만 썼다는 곱게 접은
포플린 꽃무늬 손수건도 있었다.

새댁시절 너무 속을 썩여 미워도 했지만
그래도 그 영감님을 먼 곳에 혼자 보낸 것이
마음 아프다 하시며 사랑보다
기다림으로 살았다고 멋쩍게 웃으시던 노인
지금쯤은 영감님을 찾아 먼 길 떠나셨는지
오늘 밤 낯선 별 하나 떠 있을지 찾아봐야겠다.

겨울 햇살

짧은 겨울 햇살이 베란다
장독을 어루만지며 소곤거리다
지난밤 참 많이 추웠지

늦여름

아직은 여름이다. 늦장 부리다
떠날 채비 갖추지 못한 늦여름
전쟁 같은 햇살과의 뜨거운 사랑
식지 않은 가슴 아직 따듯한데
가을을 준비하는 바람은
서늘한 기운 뽐내며 지나간다.

이제는 자리를 비워달라고
갈바람 서늘한 재촉 소리에
가슴을 웅크리고 쓸어안으며
주섬주섬 남은 여름을 주워 담으며
가을은 왜 그렇게 빨리 오느냐고
늦여름이 뾰로통하게 입술을 내민다.

갈 쌍 의 옛 살비

그루잠 깬 아사
굽 바자 울타리 옆 겨르로이
소담하게 핀 함박꽃 단춤 한데
허우룩이 먼 곳 바라기 하며 비나리 하던
옛 살비가 흐노니이다

뒤란에 다랑다랑 봉숭아 피면
미리 내 고운 밤 다솜을 꿈꾸며
아띠 와 자갈자갈 하던
꼬꼬지 살부침이 아삼아삼한
옛 살비가 흐노니이다

자드락밭 목화 꽃 떨어지면
목화송이는 끝없는 마루에 번지고
헤살지던 벗 함박웃음에 커가는 꿈
보자기 속 깡통필통 딸그락 소리와
도란도란하던 옛 살비가 흐노니이다

옛 살비 : 고향
갈쌍 : 눈물이 가득하여 눈가에 넘칠 듯 한 모양
그루잠 : 깨었다 다시 잠든 잠
아사 : 아침
굽바자 : 작은 나뭇가지로 엮어 만든 얕은 울타리
겨르로이 : (옛) 한가로이. 겨를 있게
소담 : 탐스럽다
단춤 : 기분 좋게 추는 춤
허우룩이 : 마음이 매우서운하고 허전한 모양
먼산바라기 : 먼 곳을 우두커니 바라보는 일 또는 그런 사람
비나리 : 축복의 말
흐노니 : 누군가를 몹시 그리워하는 것
뒤란 : 집 뒤 울타리 안
다랑다랑 : (1)작은 논들이 줄지어 늘어 있는 모양을 의미 하고
        (2)줄지어 매달려 있는 모양을 말함
        여기서는 (2)번을 말함
미리내 : 은하수의 우리말
다솜 : 애틋한 사랑
아띠 : 친한 친구를 말함
자갈자갈 : 여럿이 모여 낮은 소리로 이야기 하는 모양
꼬꼬지 : 오랜 옛날
살부침 : 인연
아삼아삼 :어슴푸레하게 자꾸 보이는 듯하다
자드락 : 낮은 산기슭의 비탈진 땅
마루 : 하늘
헤살 : 짓궂게 훼방하는 짓
도란도란 : 나직한 목소리로 서로 정답게 이야기를 주고받는 소리를 나타내는 말

신작로

고이 접어 시렁에 얹어둔 추억 속
개구리헤엄 친구의 웃음
석양이 얼마나 짙어지면 만날까
코스모스 피는 신작로 길에서
코스모스를 닮고 싶다고 하며
가슴 가득 코스모스를 끌어안던 너

한 뼘 높아진 마루에 바람 소슬하니
시나브로 오는 가을은 갈바람에 물들고
밤새 은하수 영혼 길 위에 쏟아져
신작로 옆 코스모스 곱게도 물들였는데
어제도 오늘도 너는 올 기미가 없고
여린 코스모스만 손짓한다.

너와 나를 기다린다고.

선녀와 나무꾼

꿈을 담아 출렁이는 주산 호수
안개와 구름은 바람에 흔들리고
왕 버들가지에 날개옷 걸쳐놓고
사뿐히 내려 목욕하는
연둣빛 선녀들 웃음소리에
길섶에 내릴 여명의 햇살이 신음을 토한다.

별과 달이 잠든 밤 몰래 한 사랑
밤새도록 물안개에 젖어
하얗게 뜬눈으로 밤을 새우며
너울너울 춤추던 호수의 왕 버들은
나무꾼이 날개옷 가져간 것도 모르고
새벽녘에 잠을 청한다.

용의 비늘처럼 반짝이는 물비늘 위로
물고기 힘차게 뛰어오르고 물새의 노래는
풀숲을 흥건히 적신 이슬 위로 맴돌고
솔바람 불어오는 날이면 왕 버들 가슴은
목을 길게 빼고 마음을 훔쳐 떠난 선녀를 기다린다.
기다림이 있는 주산 호수 넌 설렘이다

목백합

목백합 이슬처럼 피어나는
환희에 찬 오월의 거리 그 거리에
사랑은 아스라이 멀어지고
동공은 젊은 날의 꿈을 찾는다

오월의 햇살을 가슴 가득히 품어 안고
누가 볼까 두려운 듯 수줍게
잎새 뒤에 숨어 핀 멋진 연인 목백합
나는 너를 천상의 꽃이라 부르고 싶다

너무나 고운임 그 모습에 해님도 부끄러워
살며시 고개 숙여 목백합 품에 숨어들어
꽃잎에 입맞춤하며 귀에 말로 속살거린다
당신을 사랑합니다

가슴에 피는 꽃

실바람 불어오고 햇살 한 줌 눈부신 날
여린 꽃잎 배시시 눈웃음에 마음 설레어
바빠지는 심장 펌프에 붉은 사랑 꽃은 피어난다.

장엄하지 않고 은은한 봄 음률
냉기에 쪼그라든 만산 다독이며
온화한 몸짓으로 붉게 채색되어 웃는다.

스쳐 지나가더라도 저를 기억하라
빗방울 품어 않은 수줍은 몸짓
그 붉은 사랑 가슴 강으로 흘러든다.

진달래 너는 애틋한 사랑이다.

제목 : 가슴에 피는 꽃
시낭송 : 최명자
스마트폰으로 QR 코드를 스캔하면
시낭송을 감상할 수 있습니다.

가마솥

불 지피고 난 솥 밑 끄름 걷어
들기름과 섞어 윤기를 낸 가마솥
새까맣고 반질반질 자르르 윤기가 나
가마솥 뚜껑에 사물이 비치기도 했다

어머니는 1년이면 몇 번씩
가마솥을 그렇게 치장하셨지
부뚜막 구석엔 가마솥 치장에 필요한
하얀 종지가 기름에 절어 항시 대기 중이었다

설거지 마지막은 언제나
대기 중인 까만 들기름에 적셔진 천으로
가마솥을 닦는 것이고 그 뚜껑에
솥뚜껑만큼이나 까맣던 내 얼굴도 보였다

압력밥솥 칙칙 거리는 소리에
어머니 당신의 마음이었을
까만 솥에 하얗게 밤 물 넘치던 그때
그 가마솥이 그리운 아침이다

비손 여인

기름 먹은 햇불처럼 밝지 않지만
작은 희망은 꿈을 품고
칠흑 같은 밤을 하얗게 태운
어머님 소원이 촛불에 타오른다.

기다림이 별빛 등대에 스며든다.

말갛게 흐르는 여인의 사랑
빌고 비는 손끝에 타들어
망부석 냉가슴에 불을 지핀다.

가슴팍이 푹 파이도록 뜨겁게 저를 태워
흥건히 고인 뜨거운 눈물 쏟아낼 때
아픈 사랑도 함께 토해내고
여인은 흔들리며 또 비손이 된다.

제목 : 비손 여인
시낭송 : 박영애
스마트폰으로 QR 코드를 스캔하면
시낭송을 감상할 수 있습니다.

무채색의 공간

와르르 무너진다. 탑이
주춧돌 없이 쌓아 올린 화려한 모래성
밀물을 머금고
성은 소리도 내지 못한 채 사라지고
그만큼의 빈터를 만들어주었다

세월 풍상은
이마에 굵은 동아줄 하나를 만들고
동아줄은
마음속에 작은 터 하나를 만든다.

내 영혼이 지치고 힘들 때
노크 없이 들어가 나를 뉘고
멍청한 눈을 가져본다

삶의 한 귀퉁이
작은 나만의 빈터 그 빈터를
하얗게 남겨 두었다

만리향 꽃 하나 심어

향 고운 날 시어 한 줄 얹어

바람의 날개에 실어 훨훨 날려 보낸다

그리고 또 하나의 빈터를 만든다.

 제목 : 무채색의 공간
시낭송 : 김락호

스마트폰으로 QR 코드를 스캔하면
시낭송을 감상할 수 있습니다.

천재 바보와

마주 볼 줄은 모르고 같은 곳만 보는 바보
만져주지 않으면 천년을 그 자리에 머물 바보
사람 손끝에서 살고 죽는 어리석은 천재 바보와
떠난다 밀월여행을

빛바랜 하늘 우울증에 한숨짓는 소리와
하얗게 질려 천길 하늘로 뛰는 파도도 담는
순간의 짜릿함을 위해 천재 바보와
떠난다 밀월여행을

얄밉게 콕 집어 세월 흔적 비치는 무례한 너
삥 차버리지 못하고 동행하는 것은
네가 토해낸 내 모습 부정할 수 없기에
모반 꾼이오 사랑꾼인 너 천재 바보와
떠난다 밀월여행을

영원한 동행

이순의 나이 싱숭생숭 설렘으로 만나
마음껏 안아주지 못했지만
잊히는 동행이 아니길 바란다.

동경의 대상이었던 너를
늦깎이로 만난 것은 내게 행운이었기에
변함없는 마음으로 함께하고 싶다.

꿈속에 꿈이었던 시인이라 불리던 날
심장은 뱃고동 소리처럼 둥둥거렸고
지금은 뜨겁고 은밀하게 동행하고 있다.

흔들리는 자화상

스멀스멀 달팽이 해거름 인사에
알 가득 품은 가재 뒷걸음치고
무지갯빛 피라미 물 위로 뛰던 냇가
기웃기웃 고무신 배에 노을이 찾아든다.

냇가는 바싹 마른 가슴 드러내고
물수제비 띄우던 아이 기다리지만
그 아이는 초로의 늙은이 되어
서걱거리는 빈 가슴만 끌어 안는다.

쉼 없는 시간의 톱니바퀴에 걸쳐진 몸
늦가을 가랑잎 되어 바스락거리고
하얀 된서리 받아 머리에 인 여인
노을빛 깃든 물결에 흔들리고 있다

제목 : 흔들리는 자화상
시낭송 : 최명자
스마트폰으로 QR 코드를 스캔하면
시낭송을 감상할 수 있습니다.

길 잃은 새벽 달아

네온 불빛에 잃어가는 생명을
한밤 사랑의 힘으로 일으켜주며
그 빛 영원할 것이라 속삭이던 이여

물결처럼 온몸 휘감아 오는
은하 계곡의 아름다움에 엉클어져
밤새워 열정으로 몸부림치던 이여

밝아오는 여명에 사라진 임들이지만
차마 떠날 수 없어 새벽이슬에 젖어
홀로 우는 명월 여신 탄식이여

아~ 사랑하던 임이여

녹음방초

겹겹이 몇 계절을 살았는지
세어보지 않아도 내 몸이
알아서 말한다.

늙음을 깊이 생각지 않았다
돌고 돌아 푸른 오월처럼 세월이 가도
젊음이 제자리이길 바랐는지 모른다.

짙푸른 녹음방초에 몸을 담가볼까
마음만 더디 늙어 청춘인 줄 아는
철없는 사람 마음은 언제나 오월이다.

두고 온 마음

수학여행 가기 전 아이처럼 밤잠 설치고
벼르고 준비해 떠난 제주도 나들이
하늘은 함지박 같은 웃음으로 맞아주었고
파도의 출렁임이 마음을 설레게 했고
쓸어 넘기는 머리끝 해풍은 가슴 뛰게 했다

섬 속의 섬 우도 여인의 속내같이
우도 신의 옷자락 같은 안개 속에 숨어
보여주지 않으려 했지만, 그 옷자락 헤집고 본 속내
민들레와 엉겅퀴 여린 꽃잎 수줍게 웃어주고
백 년을 살았다는 등대는 아직도 청춘이었다

한 많은 여인의 섬 바람 많은 돌섬이라 했지
송송 구멍 난 제주 하르방 웃음이 외로워 보이는 것은
내 마음인가 발길 닿는 곳이 비경이요 한 폭의 그림
쪽빛으로 빛나는 바다는 흰 구름을 품고 넘실넘실 춤추고
춤추는 그 바다에 내 마음 한 가닥을 두고 왔다

증인 (證人)

햇살 흩뿌리던 날
봄 언덕에서 진달래 따 먹어
파란 입술을 한 아이
해맑은 웃음 하늘과 닮아있다.

때 이른 햇살에
덜 익은 오디처럼 떫은 풋사랑의
설렘과 아련함을 간직하고 살아온
내 삶을 친구인 너는 알고 있다.

서리꽃 하얗게 피어오를 때 꽃가마 탄
하얀 눈꽃보다 더 예쁜 딸
엄마보다 더 예쁘다던 손 객(客)들의
기분 좋은 소리까지 고자질했었다.

감추고 싶은 순간의 표정까지
숨김없이 전해주는 너
자주 너를 마주하고 웃으며
아름다운 추억을 만들고 싶다.

소나기

톡 내 얼굴에 떨어진 너 누구니
하늘에서 내리는 비 맞지
얼마 만이니 보고 싶었는데
목이 타게 기다렸는데
너무 기다렸는데
늦게라도 찾아줘서
고마워

톡 콧등에 떨어진 너 누구니
이렇게 목마름을 달래주어
정말 많이 고맙고 고마워
더는 견디기 어려웠는데
나 지금 웃고 있는 것 맞지
있는 데로 팔 휘저으며
춤을 추고 있는 것 맞지
고마워

가을 연서

오늘 연서 한 장 띄우네요.
사랑 가득 담은 연서랍니다
추억 가득 간직한 연서에요.

대한민국의 아름다운 가을이
어디서 무엇을 하는지 모르는 그대에게
가을 연서를 띄우네요.

마음이 아리도록 노란 은행잎에
빨간 마음 가득 담고 눈 시린 하늘 담아
나풀나풀 연서를 띄우네요.

귀엽고 예쁜 작은 손가락 아기단풍잎 하나
늦가을 비에 파르르 떨다 떨어지기 전
모르는 그대에게 연서를 띄우네요.

기웃기웃 날아 당신 발아래 떨어지면
새침하게 모른 척 고개 돌리지 마세요.
연서의 가슴이 서러우니까요

봄 연서

연서가 왔어요.
분홍이가 입술을 뾰족이 내민다고
발그레한 미소와 요염한 자태
쿵쿵 심장이 터지려 한다고.

연서가 왔어요.
혀 안 붉은 사랑 속살거림에
풀어헤친 홍안의 마음 바다 높게 일렁이고
임 찾는 두견이 노래에 밤잠 설친다고.

갈게요 두견화 임 맞이하러
봄 햇살 바람에 젖어 흔들리는 날
가슴에 사랑 가득 품어 않고 말할래요
두견화 너를 내내 기다렸다고

할미꽃별

햇살에 비친 머리는 빛바랜 옥수수수염
해넘이로 바쁜 석양이 멈칫거리며
사람과 수레 누가 누구를 미는지 모를
삶의 질곡 가득 쌓인 수레를 비춘다.

찡그린 눈빛은 멀리 산꼭대기에 걸린
햇살을 보며 손가락 빗질하는 할머니
저놈의 해는 벌써 저기에 걸려 있느냐고
손가락 빗질 사이로 햇살의 어눌한 웃음

꼭대기 햇살이 내려앉으면 서서히 어둠이 오고
그 가슴도 어둠이 온다. 죽기보다 싫은 어둠이
온기 없는 어둡고 외로운 그곳이 싫어
밤늦도록 손수레를 밀며 헤매고 있다

할머니 여기 있어요. 모았던 폐지 내주며
오늘 얼마나 하셨어요. 새댁은 얼마나 팔았는데
웃고 돌아선 할머니의 등줄기 옷자락
땀 머금은 소금기 얼룩 꽃이 피어있다

박스가 쌓인다. 어제도 오늘도 아니

몇 달째 박스는 기다리고 있는데

소문은 그 어둡고 외로운 곳에서

겨울밤 할미꽃별이 되었다고 한다.

제목 : 할미꽃별
시낭송 : 박영애

스마트폰으로 QR 코드를 스캔하면
시낭송을 감상할 수 있습니다.

선인장

햇살이 창을 넘어와
선인장꽃 허리를 휘감고
꽃잎 깊숙이 사랑을 구한다
꽃은 해님에게 저를 맡긴다
포근하고 따스함이 참 좋다고

사르르 눈을 감는다
해님 사랑해요
수줍게 얼굴 붉히며
꽃잎을 살랑이며 속삭인다
사랑한다고 선인장 붉은 꽃은
당신이 아니면 살 수 없다고

넋두리

너를 향한 애틋한 연정(戀情)
나와는 무관하다
꼭꼭 접어 가슴에 숨겨두고
잊은 척 살아온 세월

벚꽃이 흐드러지게 피는 날
숨겨둔 연정 톡, 톡, 핏빛
열꽃으로 피어
때늦은 열병을 앓고 있다

가슴속에 꼭꼭 숨겨둔 연정 꺼내
떨리는 손끝으로
무명실 같은 삶의 넋두리
밤새워 꽃처럼 피워 내려 한다

제목 : 넋두리
시낭송 : 박영애
스마트폰으로 QR 코드를 스캔하면
시낭송을 감상할 수 있습니다.

멀리 있지 않다

길을 가다 채인 돌
돌부리가. 아플까
나처럼 감각이 있을까
생각하지 않았다
내 발부리만 아픈 줄 알뿐

무심히 던진 한마디 혹
파장의 여운 길어져
흉터 남지 않았을까
돌아서 후회하지만
엎어진 물 쓸어 담은들

길 끝 멀리 있지 않다
남은 끝이 훤히 보이는데
손 모아 기도하는
목련 봉오리 닮아보자
사뿐히 내려앉을 수 있게

그리움도 행복이다

뚜벅뚜벅 걸어가는 삶의 귀퉁이
오늘은 어느 곳에서 너를 맞을까
예고도 없이 살그머니 내밀어
소리 없는 멋쩍은 미소는
추억하나 더듬는 그리운 마음

포슬포슬한 눈 초가지붕에 소복이 내려
하얗게 꽃피우던 밤
어느새 달빛도 내려앉아 귀를 쫑긋하고
수줍어 높은 곳에서 깜박이던 별도
꽃으로 내려와 밤새 소곤소곤
이야기꽃 피웠지

살며시 고개 내미는 삶의 한 조각
너 때문에 행복하던 애틋한 그리움
돌아가고 싶은 마음 간절한 것은
갈 수 없는 먼 곳까지 왔기에
더 짙은 그리움도 행복이 되리라

제목 : 그리움도 행복이다
시낭송 : 최명자

스마트폰으로 QR 코드를 스캔하면
시낭송을 감상할 수 있습니다.

시월은

시월의 아름답고도 처연한 사랑을
고운 꽃바구니로 엮어 그대에게 보내겠습니다.

바구니에 청명한 가을 하늘과 아름다운 단풍을 담고
가을 바다 아침 윤슬도 담겠습니다.

고향 하늘가 기러기 울음소리도 담고
신작로 코스모스 상냥하고 해맑은 웃음도 담겠습니다.

시월의 쓸쓸한 가슴이 갈망하는 불꽃처럼 피어날
가슴속 큐피드 사랑도 함께 담겠습니다.

바구니에 온화하고 온유함도 담아 그대 창가에 걸어 놓아
시월을 닮은 그 눈빛 훔치고 그 마음도 훔치겠습니다

그리고
그대가 환하게 웃는 날 그대를 좋아한다. 말하겠습니다.

소망의 탑

마곡사 한쪽 작은 돌들
수두룩이 탑이 되어 쌓여있다
소망이 담긴 돌탑 각기 모양도 다르다
부처님은 정말 저 많은 소망 들어줄 수 있을까

아빠와 아이가 탑을 쌓는다.
아이의 표정이 사뭇 진지하다
작은 손놀림 가늘게 떨리며
무슨 소망을 담았을까

부처님의 마음이 바쁠 것 같다
소망의 탑이 저리 많으니
부처님 너무 바빠 주저앉지 않을까
소원을 담아 개천을 건너다 잊지는 않을까

탑을 쌓고 박수 치며 웃는 해맑은 아이의 웃음이
부처님 모습은 아닐까

무채색의 공간

장화순 시집

2019년 12월 16일 초판 1쇄
2019년 12월 20일 발행
지 은 이 : 장화순
펴 낸 이 : 김락호
디자인 편집 : 이은희
기 획 : 시사랑음악사랑
연 락 처 : 1899-1341
홈페이지 주소 : www.poemmusic.net
E-Mail : poemarts@hanmail.net

정가 : 10,000원
ISBN : 979-11-6284-169-3